21 Décembre 1885.

V

VENTE DU LUNDI 21 DÉCEMBRE 1885

HOTEL DROUOT, SALLE N° 1

ÉTOFFES

OBJETS D'ART, CURIOSITÉS

PORCELAINES

MEUBLES ET BRONZES D'AMEUBLEMENT

EXPOSITION

Le Dimanche 20 Décembre 1885

Me Paul CHEVALLIER
COMMISSAIRE-PRISEUR
10, rue de la Grange-Batelière, 10

M. Ch. MANNHEIM
EXPERT
7, rue Saint-Georges, 7

HOMO ADDITUS NATURÆ
IMPRIMERIE DE L'ART

CATALOGUE

DES

ÉTOFFES

Tapisseries au point; Broderies; Belles Soieries
Satins de Chine brodés
Nombreuses Chasubles des XVIIe et XVIIIe siècles
Tissus d'Orient; Toiles ornées de Guipures
Tapis persans

OBJETS D'ART ET CURIOSITÉS

Cuivres persans
Émaux cloisonnés; Bronzes européens, etc.
Grands Bas-reliefs en galvano, d'après Jean Goujon

PORCELAINES ET FAIENCES

Jolies pièces de vieux Chine montées en bronze
Meubles et Bronzes d'ameublement

DONT LA VENTE AURA LIEU

HOTEL DROUOT, SALLE Nº 1

Le Lundi 21 Décembre 1885

A 2 HEURES PRÉCISES

Par le Ministère de Me Paul CHEVALLIER, commissaire-priseur
10, rue de la Grange-Batelière, à Paris

Assisté de M. Charles MANNHEIM, expert
7, rue Saint-Georges, 7

Exposition publique : Le Dimanche 20 Décembre 1885

DE 1 HEURE A 5 HEURES.

CONDITIONS DE LA VENTE

Elle sera faite au comptant.

Les acquéreurs payeront en sus des enchères *cinq pour cent*, applicables aux frais.

L'exposition mettant le public à même de se rendre compte de l'état des objets, il ne sera admis aucune réclamation une fois l'adjudication prononcée.

Paris. — Imp. de l'Art. E. MÉNARD et J. AUGRY
41, rue de la Victoire, 41

DÉSIGNATION DES OBJETS

OBJETS D'ART ET CURIOSITÉS DIVERSES

1 — Deux grands bas-reliefs rectangulaires en galvanoplastie, représentant des fleuves et des naïades, d'après Jean Goujon.

2 — Deux bustes en bronze de Barbedienne, d'après l'antique, sur socle en marbre noir.

3 — Joli encrier de style Louis XV, plateau ovale, décoré au vernis genre Martin d'un sujet Watteau, monté sur terrasse rocaille en bronze ciselé et doré et supportant trois godets de décor analogue.

4 — Petite pendule de voyage, en bronze ciselé et doré de l'époque Louis XVI.

5 — Deux plateaux ronds en bois laqué.

6 — Miroir rectangulaire dans un cadre à rinceaux en incrustations de cuivre et de nacre.

7 — Deux marques à jeu du XVIIe siècle, en nacre et écaille avec monture en cuivre ajouré et doré, dans leur écrin en cuir gaufré de l'époque.

8 — Plateau et ses burettes en cuivre argenté de l'époque Louis XVI.

9 — Quatre pièces d'échiquier : cavaliers en bois et os sculpté.

10 — Boîte trilobée à couvercle en jade sculpté, sur socle en bois dur. Travail chinois.

11 — Miniature à l'huile, de forme ovale, portrait présumé de Fouquet.

12 — Trois cadres de miniature, en bronze doré.

13 — Deux agrafes de mur, en forme de lyre.

14 — Deux cariatides et deux appliques, trophées en bronze.

15 — Miniature rectangulaire sur vélin, de l'école allemande du XVIIe siècle, représentant Bethsabée au bain. Cadre en bronze.

16 — Jolie cuiller en agate herborisée, avec monture en or, dans un écrin en galuchat.

17 — Médaille en argent : Louis-Philippe.

18 — Plusieurs médailles, cuivre.

19 — Sous ce numéro divers petits objets tels que poignard, canif, grattoir, petite hache, montre, flacons en verre, etc., etc.

20 — MARBRE BLANC. — Deux bas-reliefs ovales, portraits de l'époque Louis XIV, dans des cadres du temps, en bois sculpté et doré à fleurs de lis et rubans.

21 — Grand bassin circulaire en émail cloisonné de la Chine, décoré intérieurement de pois-

sons se détachant sur fond lapis, et extérieurement de dragons sur imbrications à fond blanc.

22 — Buire en cuivre gravé.

23 — Deux bouteilles à long col en cuivre jaune, gravé et orné de turquoises.

24 — Deux paons en cuivre gravé et repercé. Travail persan.

25 — Dix-huit manches de couteaux en cuivre gravé.

26 — Vase en cuivre gravé et étamé.

27 — Autre à couvercle en cuivre gravé et étamé.

28 — Fontaine à deux robinets et bassin en cuivre uni.

29 — Écuelle à ailerons en argent, à décor de mascarons, rinceaux et fruits.

30 — Plat en cuivre repoussé offrant au centre un médaillon représentant Saint Georges.

31 — Boîte rectangulaire en laque du Japon, à compartiments, représentant des paysages sur fond aventuriné.

32 — Deux statuettes en bois sculpté et peint avec terrasses et hottes en argent.

PORCELAINES — FAIENCES

33 — Joli vase ovoïde en ancienne porcelaine de Chine, de la famille verte, décoré d'une scène familière à plusieurs personnages autour d'une table. Monture très soignée en bronze ciselé et doré, couvercle ajouré, socle à quatre pieds-consoles sur plinthe circulaire à ressauts.

34 — Petit vase en vieux Chine, de la famille verte, à médaillons de fleurs et feuillages en réserve sur un fond bleu poudré, monture en bronze doré, pieds à griffes de lions.

35 — Petit vase, forme bouteille, en porcelaine de même qualité avec monture rocaille en bronze doré, à deux anses contournées.

36 — Petit flacon, gargoulette, en vieux Chine, le col décoré d'un lambrequin, la panse de vases alternant avec des ornements suspendus à des rubans.

37 — Grand vase ovoïde en porcelaine de Sèvres, gros bleu, à filets dorés.

38 — Neuf plaques en faïence de Perse.

39 — Douze salières en faïence émaillée bleu.

40 — Potiche en faïence hollandaise à décor polychrome, lambrequin et arbustes, rehaussés de dorure.

41 — Six assiettes en porcelaine de Sèvres, au chiffre de Louis-Philippe, placé entre des enfants tenant des fleurs, fond turquoise à rehauts de dorure.

42 — Soucoupe Sèvres, deux tasses et soucoupes

à fleurettes et fleurs de lis en dorure, un pot à crème à médaillon d'oiseaux sur fond vert.

43 — Six tasses et leurs soucoupes en porcelaine de Hongrie à large bordure en couleur et or.

44 — Deux grands vases en porcelaine de Chine, en forme de balustre avec monture en bronze formant candélabres à bouquets et accompagnés de lampes pouvant les remplacer.

45 — Deux vases en porcelaine de Chine, à personnages et inscriptions.

46 — Deux grosses potiches en Chine, décorées de compartiments à nombreux personnages encadrés de bordures à fleurs et papillons.

47 — Plat en porcelaine à décor bleu, rouge et or, imitation du Japon.

48 — Deux vases ovoïdes en porcelaine décorée, fond gros bleu et médaillons à sujets.

49 — Vase à couvercle et plateau en porcelaine de Saxe.

MEUBLES ET BRONZES D'AMEUBLEMENT

50 — Commode du temps de Louis XIV, en bois satiné, garnie de cuivre et à dessus de marbre.

51 à 53 — Trois glaces du XVIIIe siècle, à encadrements surmontés de frontons en bois sculpté et doré.

54 — Deux supports formés de négrillons en bois peint.

55 — Table à jeu en marqueterie hollandaise.

56 — Petit guéridon à pieds tors.

57 — Grande vitrine plate sur sa table, peinte en gris à filets dorés.

58 — Lustre à vingt-huit lumières, en bronze garni de cristaux et orné de fleurs de lis en verre blanc.

59 — Six appliques assorties au lustre et garnies de cristaux.

60 — Deux chenets en cuivre à figures de Tritons sur des ornements rocailles.

61 — Garniture de cheminée en bronze de style Louis XIV, pendule surmontée d'un vase à couronne et mascarons et deux candélabres à cinq lumières.

62 — Garniture de cheminée en bronze doré, pendule à figures allégoriques d'enfants sur socle en marbre blanc et deux candélabres tout en bronze.

63 — Boîte à musique en palissandre et marqueterie, de Samuel Troll, à Genève, trente-six airs, tambour et timbre; elle repose sur une table à tiroir contenant des cylindres de rechange.

64 — Chambre à coucher en chêne sculpté, lit, armoire à glace et table de nuit.

65 — Petite commode Louis XVI, acajou à dessus de marbre.

66 — Console Louis XV, en bois sculpté à dessus de marbre.

67 — Lit en chêne sculpté à pilastres, colonnes torses et panneaux représentant des figures de saints personnages, et une table de nuit.

68 — Grand lustre à quarante-deux lumières en bronze garni de cristaux.

69 — Quatre appliques en bronze, garnies de cristaux.

70 — Deux consoles bois doré à dessus de marbre blanc.

71 — Deux lampadaires en bois doré, formés de statuettes d'enfants portant des cornes d'abondance et placés sur des colonnes cannelées et enguirlandées; les bouquets, à nombreuses lumières et à lampes, sont en bronze.

72 — Cartel en cuivre, forme lyre, à mascarons, feuillages et canneaux.

73 — Ameublement de salon recouvert en soie jaune.

ÉTOFFES

74 — Deux rideaux et un lambrequin de lit en tapisserie au petit point, à décor de fleurs et d'oiseaux sur fond jaune.

75 — Petit tapis oriental en velours rouge, enrichi de broderies d'or et d'argent.

76 — Trois portières orientales, en velours à fond d'or.

77 — Deux tapis en toile brodée en soies de couleur.

78 — Trois petits tapis en peluche.

79 à 83 — Huit tapis d'Orient. (Seront vendus séparément.)

84 — Environ trente-cinq chasubles, dalmatiques et chapes des XVIIe et XVIIIe siècles, en soie brochée et brodée. (Seront vendues sous ce numéro.)

85 — Quatre petites feuilles de paravent en satin bleu de Chine, brodé en soies de couleurs, papillons, insectes, fleurs.

86 — Coussin en feutre brodé ; un autre en satin noir de la Chine.

87 — Trois pièces de satin blanc orné d'un semis de tiges fleuries, brochées et lamées or.

88 — Lé de soie blanche à décor d'œillets brochés en couleur et lamés or.

89 — Grand carré formé de deux lés de satin blanc brodé en soie de couleur, à décor de tiges de fleurs et de papillons.

90 — Coupe d'étoffe rouge pour meuble.

91 — Pièce de damas rouge, à rosace ovale encadrée d'une guirlande.

92 — Chape de soie du XVIIe siècle, à grosses fleurs brochées et relevées d'or sur fond blanc damassé.

93 — Jupe et corsage en soie bleu pâle, à fleurs brochées or.

94 — Six serviettes et napperons en toile ornée de broderies.

95 — Huit pièces : rideaux, napperons, etc., de toile avec entredeux et bordure de guipure.

96 — Pente de satin bleu de ciel, à lambrequin brodé et orné de paillettes en argent.

97 — Tapis oriental de laine rouge brodée en soie à décor de palmes.

98 — Deux rideaux, de deux dimensions, en soie rouge, entourés de dentelles d'argent.

99 — Petit tapis oriental à dessins veloutés rouge et vert sur fond tissé d'argent.

100 — Jolie chasuble du XVIIe siècle, en soie brochée argent, avec bande en soie de couleur et broderie d'or.

101 — Belle portière en satin blanc, richement

brodée de rinceaux et ornements symétriques avec bordure en soie de couleur et fils d'argent. Travail portugais.

102 — Beau tapis de table en soie rouge, richement brodé en soie de couleurs et en fils d'argent et offrant une large rosace centrale, cantonnée de quatre corbeilles de fleurs, avec large bordure à rinceaux fleuris. Époque Louis XIII.

103 — Petit tapis en satin crème, enrichi de broderie d'or et de soie de couleurs, et entouré d'une frange d'or.

104 — Tapis carré en soie rouge, à palmettes et ornements brochés argent, avec entourage d'effilés à glands multicolores.

105 — Dix pièces et plusieurs manchettes pour garniture de sièges en satin blanc brodé en soie de couleurs, à décor de bouquets et festons de fleurs.

106 — Corsage en satin bleu, enrichi de broderies et de paillettes d'argent.

107 — Jupe de satin vert, décorée de festons de fleurs en broderie de soie.

108 — Panneau de plusieurs lés de satin blanc broché, à tiges de fleurs et rehaussé d'or.

109 à 111 — Six coussins en tapisserie, soie et satin brodés.

112 — Une pièce d'étoffe à décor de fleurettes inscrites dans des palmettes sur fond lamé.

113 — Plusieurs morceaux de damas rouge.

114 — Petit tapis long de soie rouge avec entre-deux et bordure dentelée en guipure.

115 — Panneau de tenture composé de trois lés en satin blanc de la Chine, brodé en soies de couleur et représentant un paysage avec personnages, kiosques, rochers, arbustes, fleurs, etc.

116 — Grand couvre-lit en satin blanc, enrichi de broderies de soies de couleur, à rosace centrale, festons et bordure.

117 — Jupe de soie blanche à raies, brochée en soie de couleur à festons de fleurs.

118 — Jupe de soie brochée à festons de fleurs sur fond rose rayé.

119 — Jupe de soie brochée à fleurs et roseaux sur fond violet.

120 — Pièce d'étoffe de soie fond rouge brochée argent, à décor de roses.

121 — Carré (incomplet) de deux lés de satin blanc brodé en soies de couleurs, à décor de branches de fleurs et de papillons.

122 — Deux feuilles en cuir gaufré et doré, et décoré de fleurs et de rocailles peintes.

123 — Trois chasubles.

124 — Chape en soie verte, brochée blanc, à fleurs et bandes ondulées.

125 — Lé d'étoffe à décor de dragons.

126 — Lambrequin en drap, avec applications de velours.

127 — Bande d'étoffe du XVIe siècle, à figures religieuses et ornements.

128 — Grand tapis oriental en toile brodée, à dentelures, entrelacs, palmettes et oiseaux.

129 — Gilet Louis XVI en soie blanche, à décor de fleurettes en broderies.

130 — Bande Renaissance à motif architectural, en broderie d'or, contenant trois sujets religieux superposés en broderie de soie.

131 — Coussin, décoré d'un grand vase en soie jaune appliqué sur velours rouge.

132 — Coussin en broderie sur toile, du XVIe siècle, représentant Adam et Ève.

133 — Deux échantillons de brocatelle du XVIe siècle.

134 — Coussin persan, Chimère couronnée, à queue de paon, lamé d'argent, avec broderies de perles sur toile.

135 — Échantillon de broderie persane, à rosaces et carré, en broderie de soie sur toile : Monstre ailé entouré de cerfs, de paons, etc.

136 — Costume de soie blanche brochée, à petits bouquets en soie de couleur.

137 — Plusieurs morceaux de soierie et ornements sacerdotaux.

138 — Petite portière en tapisserie ancienne, verdure, à bordure en haut et en bas.

www.ingramcontent.com/pod-product-compliance
Ingram Content Group UK Ltd.
Pitfield, Milton Keynes, MK11 3LW, UK
UKHW032032260826
14628UKWH00006B/2900

9 782329 436357